21 DÉCEMBRE

1867

NIMES

IMPRIMERIE ROGER ET LAPORTE

Place Saint-Paul, 5

1868

21 Décembre 1867

21 DÉCEMBRE

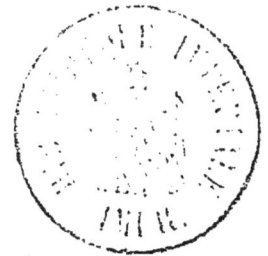

1867

—◦◦◦—

NIMES

IMPRIMERIE ROGER ET LAPORTE
Place Saint-Paul , 5.
—
1868

MARIAGE

D'ALFRED NÈGRE & SUZANNE CAUSSE

Le 21 Décembre 186?

———

Eh bien! quoi?... Que me voulez-vous?
Toujours des vers? toujours ma lyre?...
Mais à la fin, dans mon courroux,
Moi, je vous.... mais je suis bon sire;
Ma coupe sera mon trident,
Ma verve sera ma colère,
Puis, en ces lieux mourra le vent
De ma poésie éphémère.
Le vent, dis-je, non, l'ouragan
De trois cents vers de toute taille.
Ah! vous m'avez jeté le gant!
Je le relève et vous assaille.

Suzanne, Alfred, de ces vers
Acceptez la dédicace ;
Si plusieurs vont de travers,
Pour eux je demande grâce
En faveur de l'intention
Et... d'un peu d'émotion.

Il me semble vous voir en l'an mil huit cent huit,
Un soir, dans un salon, confortable réduit,
Assis au coin du feu et causant tête à tête
Après dîner, moment où l'esprit est en fête.
Alfred, encatharré, chantonne en tisonnant;
Sa femme, tout à coup, l'interpelle, disant:

SUZANNE.

Te souvient-il du jour de notre mariage
Alfred?

ALFRED.

　　J'y suis encor.

SUZANNE.

　　　　Eh bien! vois, quel dommage!
Moi, j'ai presque oublié, sauf ce cher souvenir
Que mon cœur débordait à force de sentir.

. . . .

Veux-tu me raconter cette heureuse journée?
Ce sera le moyen d'occuper la soirée;
Ce récit nous tiendra tous les deux en éveil
Et nous irons après nous livrer au sommeil.

ALFRED.

Tu le veux? j'y consens et cède à ton envie,
Comme toujours, depuis ce beau jour de ma vie.
Et tous deux souriant se rapprochent du feu
Que Madame, en soufflant, ranime quelque peu;
Ils se serrent la main, pendant un court silence,
S'installent de leur mieux; enfin Alfred commence:

ALFRED.

Je te parlerai peu de ces coups d'encensoir

Qu'on nous donna partout du matin jusqu'au soir ;
Qu'elle est jolie !... Et lui !... oh ! quel gracieux couple !...

« Moùstré !.... lou béou garçoun et la poulido fio !
— Sara-té, Jannétoun.... Boudiou, quanta famio !
— La counouïssés, Babéou ? — Foutrala, y'a mil an ;
Siés dé Nimés ou noun ? — Dé qué soun ? — pa michan ! »

Tu sais que le public, par moments bon et souple,
Est prodigue d'encens avec ou sans sujet.

SUZANNE.

Et qu'on ne s'en plaint point quand on en est l'objet.

ALFRED

C'est juste... mon désir, et le tien, je suppose,
Est d'arriver de suite au splendide banquet,
A la fête du soir dont nous étions la cause,
L'objectif, l'ornement, l'attrait et le bouquet.

SUZANNE.

Ah ! ah ! mon vieux mari, ton bouquet me fait rire.

ALFRED.

Mais, ma femme, entre nous je puis bien te le dire,
Oui, Suzanne, à vingt ans ton front était si pur,
Ton sourire si frais, tes yeux si pleins d'azur !
Ce soir, je te voyais vive, alerte, légère,
Te faisant toute à tous, puis embrassant ta mère ;
Je te suivais des yeux, du cœur... et je t'aimais !

SUZANNE.

Et moi, Monsieur, et moi... à toi seul je pensais !

ALFRED.

Il y a quarante ans !

SUZANNE.

Quarante ans !

ALFRED, toussant,

Hum ! Suzanne,
Passe-moi, je te prie, un peu de ma tisane
(toussant)
Toujours bonne... merci !... Je reprends mon récit ;
Ton père sur sa porte avait mis cet écrit :
« Vous, qui venez ici, membres de ma famille,
» Amis, laissez dehors le plus petit chagrin,
» Entrez, vive la joie ! car je marie ma fille !!! »
On se le tint pour dit ; jamais pareil entrain !

SUZANNE.

C'est que jamais famille avec tant d'allégresse
De deux de ses enfants n'avait vu l'union
Pressenti le bonheur.

ALFRED.

C'est vrai ;... or, dans l'espèce
Causse dîna chez Causse. Oh ! quel amphitrion !
Quel festin ! Je ne puis sans rester en arrière
T'en faire le récit ; mais je dis que ton père,
Si le prince d'alors avait voulu fonder
Parmi tant de concours celui des gastronomes
Pour savoir qui de tous savait le mieux traiter,
Lui, lauréat constant aux concours d'agronomes,
Aurait eu la couronne et le grand prix d'honneur.
Vrai, ce festin était par trop provocateur.

SUZANNE.

Laissons là ce dîner et passons à l'étude

Des convives; dis-moi leur nom, leur attitude,
Leurs gestes et leurs faits; parle, vite.

ALFRED.
Holà !
Madame, s'il vous plaît, un peu de patience ;
La mémoire, après tout, est presque une science :
Or, voilà quarante ans !

SUZANNE.
Encor, c'est bête, ça !

ALFRED, après avoir ri.
. . . .
Laisse-moi réfléchir et procédons par ordre :
L'attitude, dis-tu? Eh bien! de vrais gourmands...
Un mets circulait-il chacun voulait y mordre,
Et plus il en passait, plus nous étions friands.
Certes la courtoisie était chez tous exquise,
Mais la discrétion!... pst... chaque friandise
De nos poches venait sonder la cavité.
Enfin, chacun voulut boire à notre santé.
Et le vin ruissela dans nos coupes riantes.
Dans ce moment...

SUZANNE, interrompant.
Dis-moi... les femmes?

ALFRED.
Oh! charmantes!
Toi, surtout, ma Suzanne, et puis, chère, sais-tu
Lesquelles parmi vous je jugeai les plus belles?
Ta mère avec la mienne!... oh! bien à leur insu...
Mais un je ne sais quoi resplendissait en elles.
Rien n'embellit, dit-on, autant que le bonheur ;
Or, comme en ce moment chacune était heureuse,

Sur leurs traits, dans leurs yeux, tout était enchanteur,
Et chacune pourtant d'elle était oublieuse !
Dans ce moment se lève...

SUZANNE, interrompant.

Ami, rien qu'à ce trait
Je reconnais ton cœur ; vite encore un portrait ?

ALFRED.

Non, je pourrais tomber dans le mélancolique,
Et je veux m'en tenir au seul aspect comique ;
Comique est un peu fort, je veux dire joyeux,
Malgré l'émotion visible en bien des yeux.
Dans ce moment...

SUZANNE, interrompant.

Pardon, nomme chaque convive.

ALFRED.

Mais laisse-moi le temps d'en citer au moins un.
Que diable ! attends un peu !

SUZANNE.

Mon attente est si vive
Que...

ALFRED.

Voyons, tu ne peux te souvenir d'aucun ?

SUZANNE, réfléchissant.

Non, sauf mes chers parents, mon... intime... famille...
Si, pourtant, j'en tiens un ! notre vieux oncle Achille,
Et sa pièce de vers !

ALFRED.

Ah ! j'en étais certain.

SUZANNE.

Il me semble le voir son manuscrit en main.

ALFRED.

Qu'il consulta ?

SUZANNE.

Jamais ; c'était à n'y pas croire.
Ce vieux oncle devait avoir bonne mémoire ;

ALFRED.

Et beaucoup de toupet !

SUZANNE.

Chacun cria : bravo!
Des vers après dîner, pourtant!... c'est rococo !

ALFRED.

Oui, mais notre parent se moquait de la mode ;
Je m'en ris, disait-il, quand elle m'incommode.
Enfin, dans ce moment, il se lève, sourit,
Nous salue et du geste impose le silence,
Puis, il sort de sa poche un long, long manuscrit,
L'agite et devant tous prend fière contenance.

SUZANNE.

Que je voudrais avoir cette pièce de vers !
Sans doute leur facture y marche de travers ;
N'importe, je voudrais...

ALFRED.

Je la sais!

SUZANNE.

Quelle aubaine!
Dis-la moi...

ALFRED.

Volontiers, mais je vais prendre haleine.
. . . .
Il y a qu....

SUZANNE, interrompant.

...arante ans! assez, on sait cela ;

Ne peux-tu donc parler sans que l'âge soit là ?

ALFRED, avec feu.

Si, car je rajeunis ! tout s'anime et s'agite !
Je te vois jeune et belle, et la fête palpite !
Si, car tous mes parents, mes amis, je les vois ;
Mon oncle, je l'entends, il parle, c'est sa voix :

(Il attaque vivement la suite.)

Bruyante joie, dans ces lieux
Épands-toi sans frein, sans mesure !
Éclate, ou timide, murmure ;
Mais donne à tous tic-tac délicieux !
Que chacun sente à sa manière !
Pour moi ma devise sera :
Gêne, contrainte, arrière ! arrière !
Honni soit qui mal en dira !
Oui, je prétends chanter et rire,
Vous voir partager mon délire ;...
Pourquoi, direz-vous — ventrebleu !
Je vois ma nièce et mon neveu
A bord du brick, le mariage,
Avec un assez gros bagage
Depuis deux heures embarqués
Pour des rivages fortunés ;
Je vois ce brick encore à l'ancre
Dans nos eaux et tout pavoisé !...
Et je me tairai comme un cancre !...
Non, cent fois non : Ohé ! ohé !
Alfred, Suzanne, bon voyage !
Prenez bien ensemble les ris !
Gare aux écueils, gare à l'orage !

Et pensez souvent aux amis.
Le ciel est bleu, la brise est bonne ;
Partez ! allez ! chantez ! voguez !
Que le vent jamais n'abandonne
Les voiles qu'à deux vous larguez !

Ce cri, ses gestes, sa serviette
Qu'il agitait vers notre bord
Provoquèrent une tempête
De bravos que j'entends encor.
Et, pendant qu'on nous faisait fête,
Il embouchait, comme une trompette,
Son long manuscrit tout roulé,
Criant toujours : Ohé ! ohé !
. . . .

En présence de cette scène
Et de notre excellent Mécène,
Reprit-il, tu te tiens en catamini,
Eh ! toi, là bas ! viens donc ici.
  Je veux que tu te dérides
  Et tu te dérideras ;
  Si ton front porte des ridés
  Eh bien ! tu les plâtreras.
  Malgré ton triste visage
  Je t'offre un piquant voyage
  Autour de la table, allons !
  Prends mon bras et commençons.

Voici l'époux et l'épousée ;
Eh ! c'est friand ! c'est gracieux !
Conviens que cette mariée

Attire le cœur et les yeux.
— Que disent-ils ? — Je ne sais guère ;
Mais filons, ce sera le mieux,
Lorsque Cupidon va-t-en guerre
Il n'aime pas les curieux.

Vois le grand oncle et le beau-père
De mistress Alfred. Celui-ci
A l'humeur toujours débonnaire
Et prend posément tout souci.
Il s'occupe bien des étoiles,
De la lune il perce les voiles,
Mais avant tout, matin et soir,
Aux siens son temps et son savoir.

— Quel est ce Monsieur au front chauve,
Aux yeux humides ? — Celui-là ?
Il reste près le pont de Sauve,
C'est le type du bon papa.
Aimant, sensible, serviable,
Je ne lui connais pour égal
Que sa femme... A leur bonne table,
Mon cher, j'ai fait plus d'un régal.

— Celui-là au si doux visage
Que fait-il ? — Des ponts, des chemins ;
Dans son commerce qui fait rage
Il a conquis ses parchemins.
Dès demain fais-lui concurrence,
Que te faut-il pour parvenir ?
Savoir, talents, intelligence !
Pas plus, presque rien à fournir.

En passant saluons ces dames
Et respectons bien leur émoi ;
Ce sont les mères, nobles femmes ,
Qui n'ont jamais connu le Moi.

Vois là bas ce joyeux convive,
Causant d'une façon si vive ;
A Nimes chacun sait son nom...
—C'est un avocat de renom.
Si l'on te suscite une affaire
Prends-le pour conseil, c'est forcé ,
Car si tu l'as pour adversaire ,
J'en suis sûr, tu seras toisé.

Cet autre, aimé de tous, cultive
Les affaires et les beaux arts ;
Il chante , il peint, court et captive
Les cœurs, l'oreille et les regards.
Après toi veux-tu la richesse ?
Traite avec lui malgré son prix,
Puis , si tu n'es pas sans adresse
Tu meurs vite et le voilà pris.

Et ce financier émérite !
Guilleret, il parle, il s'agite,
Oubliant ses nombreux travaux
Et ses amis commerciaux.
Le soir il est à sa famille
Mais pendant le jour il frétille
Dans son élément, son bureau,
Comme fait le poisson dans l'eau.

Mais tu restes toujours de glace
Rien n'y fait ; ma foi, ça m'agace ;
Ton air morose et nonchalant
A paralysé mon élan.
Je voulais te faire l'histoire
De tous ces parents, ces amis ,
Mais tu ne veux rire ni boire,
Va-t-en , Tristan, et reste assis.

. . . .

Tout à coup il changea d'allure et de visage,
Nous couvrit un instant d'un regard protecteur,
Et grave, sérieux, comme on l'est à cet âge,
Où l'on sait que tout passe ici-bas, sauf le cœur :
« Vous ignorez , enfants, ce que l'expérience
Nous apprend sur les nœuds scellés par notre choix,
Ce que devient plus tard cette double existence
Qui n'en est qu'une au fond. Sachz-le par ma voix :

L'amour est une douce chose ,
C'est bien vrai, mais il dure peu ;
Il ressemble au bouton de rose
Dont l'existence n'est qu'un jeu.
La fleur naît, s'ouvre, se colore,
Embaume l'air, s'épanouit,
Puis s'effeuille et s'évanouit,
Le tout dans la saison de Flore.
Ainsi du légitime amour,
Mais rassurez-vous : en retour,

L'ineffable amitié, l'estime,
L'habitude, le souvenir,
A deux la longue vie intime,
Nos enfants et leur avenir,
Même l'épreuve, la souffrance,
Mais par dessus tout l'espérance
Sont pour nos cœurs un pur aimant,
Un indestructible ciment.
S'il est vrai que dans cette vie
Chacun a ses goûts, sa folie,
N'ayez pas le goût du plaisir
Trop intense ! aimez à jouir.
Par les nobles élans de l'âme ;
Noble mari et noble femme
Unis en Dieu, c'est l'idéal,
Dans ce monde un phare moral...

. . . .

J'ai dit, et maintenant, ayez tout en partage !
Tout ! pourquoi pas ? Allez ! en route et bon courage !
Seuls, l'horizon manquait à vos sentiers étroits,
A deux, il s'illumine et que sera-ce à trois ?
Allez, je ne dis pas : tâtonnez, prenez garde !
Mais saisissez la vie avec tous ses labeurs,
Son air pur, son soleil, ses orages, ses fleurs :
Allez, mais chaque jour dites : Que Dieu nous garde !

A ces mots il se tut, remplit son plus grand verre,
L'éleva sur nos fronts, le tendit vers mon père,

Et dit : Frère, je bois à leur bel avenir!...
Puis il vida sa coupe, et pour le faire taire,
Nous fûmes lui porter de baisers une paire
Qu'il accepta, rendit, et chacun d'applaudir...

Achille NÈGRE.

AU NOM

DE LA JEUNESSE DE JUNAS

AU NOM

DE LA

JEUNESSE DE JUNAS

25 décembre 1867

COUPLETS POUR UN MARIAGE

Pour vous, épouse fortunée,
L'hymen allume son flambeau,
L'amour se joint à l'hyménée
Pour former ce joli tableau.
Votre époux rempli de tendresse,
Pour vos grâces, votre vertu,
Doit connaître longtemps l'ivresse
Du bonheur de vous avoir plu.

Le plaisir dans tous les yeux brille
En songeant à votre bonheur,
Et votre nombreuse famille
Vous porte entière dans son cœur.

Rassemblés tous pour cette fête,
Que l'union soit de moitié !
Et que l'amour, heureux prophète,
Ramène en ces lieux l'amitié !

Chantons cette épouse chérie,
Souhaitons à son cher époux
Que la plus douce sympathie
Serre enfin des nœuds aussi doux ;
Que l'estime la plus sentie
Les fasse aimer avec ardeur ;
Et sur le fleuve de la vie,
Qu'ils voguent au gré du bonheur.

J. ROUSSEL, de Junas.

SUR L'ARC DE TRIOMPHE

à Masserau

SUR

L'ARC DE TRIOMPHE

à Masserau

22 décembre 1867

———

Depuis votre plus tendre enfance
On vous aimait ici, les cœurs y sont à vous.
SUZANNE..... en le disant à votre jeune époux,
Madame, obtenez-nous aussi sa bienveillance.
Tous deux pour un bonheur qui nous est précieux,
Des vœux que nous formons recevez l'humble hommage,
Que votre emblême soit ce verdoyant feuillage :
Comme il est toujours vert, soyez toujours heureux !

COMPLIMENT

des Ouvriers et des Valets

DE MASSERAU

COMPLIMENT

DES OUVRIERS ET DES VALETS

de Masserau

29 décembre 1867

Madame,

Depuis longues années nous avons appris à honorer votre famille. Toujours, en effet, elle a daigné suivre envers nous les mêmes traditions de bienveillance, et notre reconnaissance lui est irrévocablement acquise.

Permettez-nous, Madame, de profiter de cette occasion solennelle pour manifester cette reconnaissance par l'expression la plus sincère des vœux que nous formons tous pour votre bonheur.

Et vous, Monsieur, à qui ce bonheur vient d'être confié, daignez recevoir une part des sentiments que nous exprimons à votre nouvelle famille, et soyez assuré que nous nous efforcerons de mériter aussi votre précieuse estime.

C'est dans ces sentiments que nous venons aujourd'hui nous associer à votre joie, et renouveler à tous les vôtres l'assurance de notre inaltérable dévouement.

Imp. Roger et Laporte, place Saint-Paul.

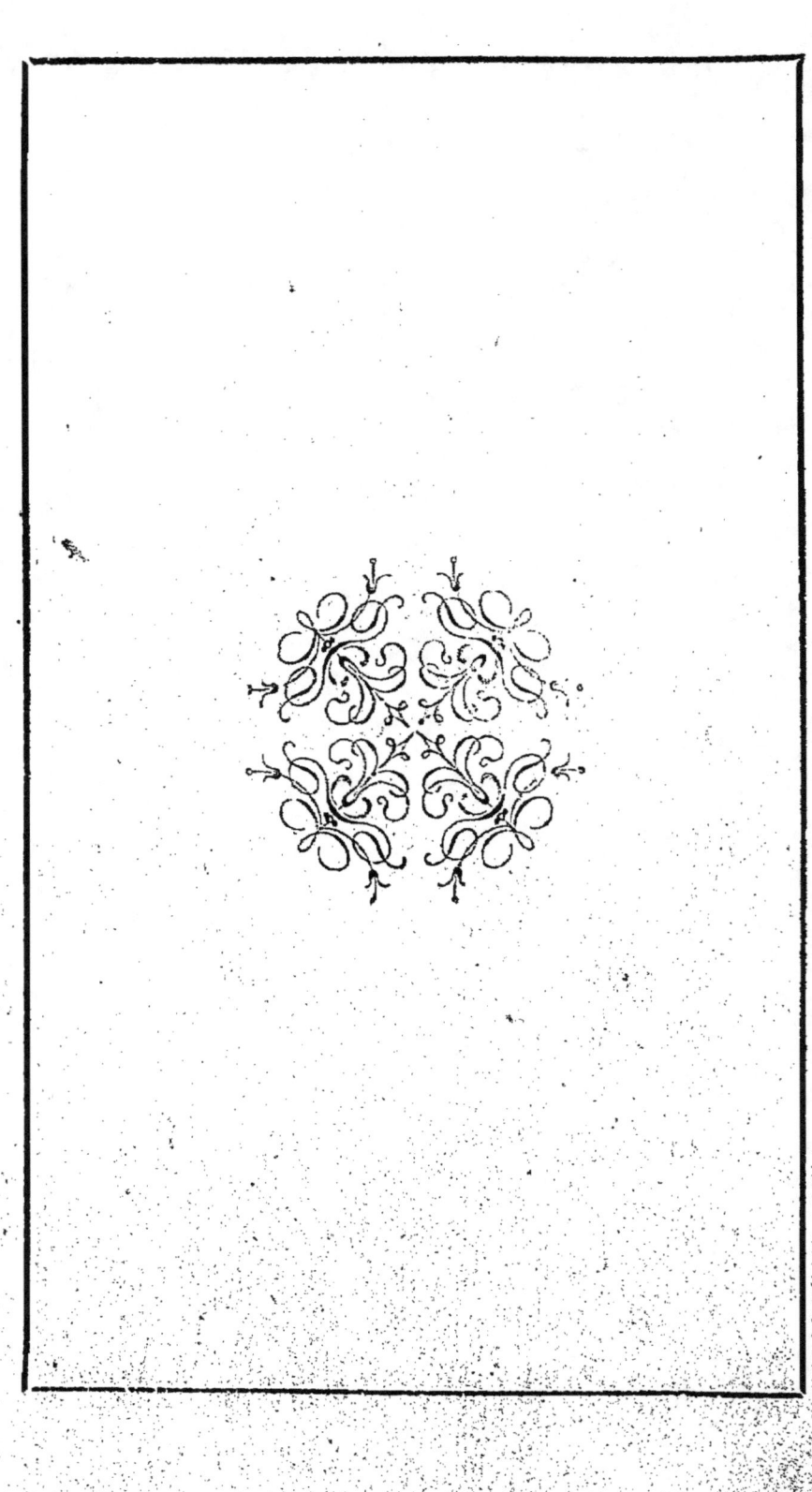